《天魁星》

呼保義 宋江

呼保義 宋江

梁山泊頭號人物，智勇義兼備。總兵都頭領。

原為鄆城縣押司，後成梁山之主，好結識江湖好漢，有人來奔，無有不納；人求錢物，皆盡力資助，且好作方便，排難解紛。他重情義且樂善好施，是譽滿天下的好漢，外號「及時雨」和「呼保義」。天生領袖氣質，吸引眾人投靠梁山，亮出名號就有一票仰慕者跪著拜。

蔡志忠 **水滸108將**

《天罡星》

玉麒麟 盧俊義

玉麒麟 盧俊義

富二代出身，氣宇不凡。總兵都頭領。

外號「玉麒麟」，梁山泊排名第二，是北京富豪之後，他的棍棒武藝高強，點鋼槍和朴刀次之，功力有「河北三絕」的稱號。因為妻子與管家聯手陷害，定下死罪差點沒命，感念宋江鼎力相救，因此加入梁山泊。

《天機星》

智多星 吳用

智多星 吳用

足智多謀的白面書生。掌管機密軍師。

精通兵法奇謀，堪比諸葛亮，人稱「智多星」。原是財主家的教師，與晁蓋從小一起長大，後同夥劫取蔡京的十萬貫壽禮，為躲避朝廷追捕，加入梁山，從此成為梁山首席軍師，內務軍事一把抓。

《天間星》入雲龍 公孫勝

入雲龍 公孫勝

為母退隱修道，故得善終。掌管機密軍師。

擅長術法之戰的道士，號稱能夠騰雲駕霧，外號「入雲龍」。他身高八尺，除了高人一等，自幼喜練槍棒，兵器是松紋古銅古定劍，多般武藝皆得心應手。與晁蓋等人劫取蔡京的十萬貫壽禮，所以入夥梁山。

蔡志忠 **水滸108將**

《天勇星》

大刀 關勝

大刀 關勝

好讀兵書、武藝高強的勇將。馬軍五虎將。

原是宋高宗時的名將，抗金不降而死。在《水滸傳》中是關羽嫡傳子孫，武器是青龍偃月刀，綽號「大刀」。原為朝廷將領，與宋江交手被俘，因為朝廷奸臣當政，又感佩宋江俠義，於是投靠梁山。

《天雄星》

豹子頭 林冲

豹子頭 林冲

武藝蓋世，從無敗績。馬軍五虎將。

原為八十萬禁軍槍棒教頭，生得豹頭環眼又留虎鬚，人稱「豹子頭」，又叫「小張飛」。因高俅義子覬覦其妻美色，設計將其發配滄州，林冲後來殺了滄州官差，只能上梁山。原寨主王倫怕林冲搶走首領之位而刁難，吳用以激將法促使林冲殺死王倫，改推晁蓋為首，開拓梁山新局。

蔡志忠 **水滸108將**

《天猛星》

霹靂火 秦明

霹靂火 秦明

剛直卻常因急躁壞事。馬軍五虎將。

曾任青州指揮司統制，擅用武器是狼牙棒，怒吼聲量如雷霆，號稱「霹靂火」。本來親領大軍捉拿造反的花榮，卻中了花榮的陷阱。他原來不肯歸順梁山，花榮設計讓青州太守誤認秦明叛變，導致秦府全家被殺，秦明暴怒投靠宋江，誓報血仇。

《天威星》

雙鞭 呼延灼

雙鞭 呼延灼

殺伐驍勇的戰將。馬軍五虎將。

原是汝寧郡都統制，慣用雌雄虎眼鞭，以「雙鞭」聞名。梁山軍隊攻陷高唐州，太尉高俅向宋徽宗推薦呼延灼為征寇大將，徽宗欣賞呼延，御賜坐騎「踢雪烏騅」對抗梁山軍。呼延灼被俘後，卻被宋江勸服，成為梁山一員。

《天英星》

小李廣 花榮

小李廣 花榮

義氣擺第一。馬軍八虎騎兼先鋒使。

原為宋朝清風寨武知寨，外貌清秀俊朗，箭術高超，百步穿楊，外號「小李廣」。宋江在清風寨時，被陷害為賊，花榮為救宋江，與清風山眾好漢大鬧青州道，共上梁山泊。後來宋江被高俅害死，他與吳用相約自殺在宋江墓前。

〈天貴星〉

小旋風 柴進

小旋風 柴進

好結交英雄豪傑。與李應共同掌管梁山泊的錢糧。

外號「小旋風」，是皇家子弟，除了皇帝以外無人能治罪，因此他敢收留朝廷欽犯，救濟過許多梁山英雄。後來被捕入獄，遭打入死牢。梁山好漢起兵攻打，柴進被李逵救出。

《天富星》

撲天雕 李應

撲天雕　李應

有一塊錢做一塊錢的事。與柴進共掌梁山泊錢糧。

原背藏五口飛刀，百步內能傷人，號稱「撲天雕」。是李家莊莊主，與附近的祝家莊、扈家莊相互照應，後來李應被祝彪暗箭所傷，從此絕交，但也保持中立，未幫宋江攻打祝家莊。直至他被知府捉拿，得到宋江相救，李家莊也夷為平地，不得不上梁山。

《天滿星》

美髯公 朱仝

美髯公 朱仝

爛好人一個。馬軍驃騎兼先鋒使。

原為鄆城縣馬兵都頭，也是富二代，長髯似關公，人稱「美髯公」。性情溫和重義，晁蓋等人被緝捕，他悄悄放走他們。宋江殺了閻婆惜，他也釋放宋江，因此被發配滄州。受梁山吳用等人招安後，有戰功被授武節將軍。

《天孤星》

花和尚 魯智深

花和尚 魯智深

敢作敢為。步軍頭領之首。

原為軍官，後為救弱女子而殺人，逃到五台山出家，法名智深，因身上有刺花，人稱「花和尚」。魯智深在相國寺看守菜園時，偶遇林冲，成為結義兄弟。後與楊志等一起打下青州二龍山寶珠寺，當了頭領。

蔡志忠 水滸108將

《天傷星》

行者　武松

行者 武松

天生神力，連老虎都照打。步軍頭領之次。

原為陽穀縣都頭，後由於其兄武大郎被毒害，報仇殺了潘金蓮。流放孟州時，武松為報恩富商而醉打蔣忠，因此遭到蔣忠栽贓。逃亡過程中，得到孫二娘夫婦幫助，假扮帶髮修行的行者，其後歸依梁山。

《天立星》雙槍將 董平

雙槍將 董平

勇猛無敵，心靈手巧。馬軍五虎將之一。

原為東平府兵馬都監，號稱「雙槍將」。天生聰穎，能品竹調弦，時人云「英雄雙槍將，風流萬戶侯」。與程太守之女相互愛慕，太守卻拒婚，日後破城時，他憤殺太守並帶程女回梁山。

《天捷星》

沒羽箭 張清

沒羽箭 張清

暗器高手，誠樸忠義。馬軍驃騎兼先鋒使。

虎騎出身，任東昌府兵馬督監。善擲飛石，百發百中故號「沒羽箭」。重情義且長相俊朗，妻瓊英先於夢中向其學習投石技法，後與本人相見並成婚。原本打得梁山軍落花流水，卻中了吳用計謀被俘，宋江卻與其折箭為誓，從此歸順梁山。

《天暗星》
青面獸 楊志

青面獸 楊志

天生寡言，不通人情事故。馬軍驃騎兼先鋒使。

是楊老令公楊業之後代，生來臉上有一塊明顯的青色胎記，人稱「青面獸」。武藝超凡，可惜官運很差，運送蔡京的十萬貫錢財，被梁山所劫，無法向朝廷交代，無奈上梁山。

《天祐星》金槍手 徐寧

金槍手 徐寧

半推半就成為梁山一員。馬軍驃騎兼先鋒使。

原為京師金槍班教頭，鉤鐮槍法天下第一，外號「金槍手」。宋江被呼延灼連環馬打敗後，「金錢豹子」湯隆推薦表兄徐寧有破連環馬的本事，吳用使計迷昏徐寧上梁山。隨後徐寧教山上眾人使用鉤鐮槍，終於打敗呼延灼。

《天空星》

急先鋒　索超

急先鋒 索超

憑直覺行動的衝動派。馬軍驃騎兼先鋒使。

留守司正牌軍、手使金蘸斧、腳跨五花龍（馬）。人高馬大外加面圓耳大，留著落腮鬍鬚，性急魯莽，故號「急先鋒」。對抗宋江時中計，落入預設的陷阱被活捉，因此投靠梁山。

《天速星》

神行太保 戴宗

神行太保 戴宗

謹慎內斂不強出頭。梁山情報頭子。

能夠日行八百里，有「神行太保」稱號。在梁山立功不少，負責打探軍情等職責，曾多次救得魯智深等人，打探高俅來攻等重要軍情，且尋得公孫勝而令梁山全軍得救。戰後全身而退，入廟出家並於數月後大笑而終。

《天異星》

赤髮鬼 劉唐

赤髮鬼 劉唐

不拘小節，義氣為先，晁蓋的好跟班。步軍頭領。

從小在江湖走跳，專好結交英雄好漢。面貌凶惡，因鬢角有硃砂，生有一片黑毛，故人稱「赤髮鬼」。專使一口朴刀，曾與雷橫打得難分勝負，直到吳用調停才罷休。參與搶劫蔡京金銀財寶，被官府通緝，因此成為梁山一員。

《天殺星》

黑旋風 李逵

黑旋風 李逵

力大無窮，傻氣義氣兼具。任職步軍頭領。

原為獄卒，體型壯碩、膚色黝黑，綽號「黑旋風」，擅長兵器為二柄板斧。武功不高，多靠蠻力打鬥。脾氣暴躁，火氣上來，見人就殺，砍起人來和切菜一樣順手，讓敵人聞風喪膽。

《天微星》

九紋龍 史進

九紋龍 史進

俠之大者，仗義剛勇。馬軍驃騎兼先鋒使。

是禁軍教頭王進的徒弟，十八般武藝樣樣精通，最愛使三尖兩刃刀。身上紋有九條青龍，人稱「九紋龍」。在少華山落草為寇，後來上了梁山，是《水滸傳》中第一個出場的英雄。

蔡志忠 水滸108將

《天究星》
沒遮攔 穆弘

沒遮攔 穆弘

脾氣容易爆衝的富家子。馬軍驃騎兼先鋒使。

外號「沒遮攔」，家境富裕。宋江發配江州時，資助過賣藝人薛永，但是薛永沒先向穆家兄弟打招呼便開始賣藝賺錢，惹惱穆氏兄弟，連帶追殺宋江，李俊從中調停。穆弘後來也參加劫法場的行動，並且上了梁山。

《天退星》

插翅虎 雷横

插翅虎 雷橫

個性仗義，但小氣守財。步軍頭領。

原為鐵匠出身，還做過殺牛和放高利貸等工作，後來成為薪水優渥的步兵都頭，外號「插翅虎」，慣使朴刀。事母至孝，後來也因為打死侮辱他母親的白秀英，不得不落草梁山。

《天壽星》

混江龍 李俊

混江龍 李俊

聰明人，行事謹慎又識時務。水軍頭領。

綽號「混江龍」，與童威等人賣私鹽。宋江發配江州路上，被李立下藥迷倒，幸好李俊及時相救。後來宋江被穆弘兄弟追殺，又被張橫搶劫，李俊屢屢出面解救。宋江被押往刑場，梁山好漢劫了法場，李俊順道上了梁山。

《天劍星》

立地太歲 阮小二

立地太歲 阮小二

熱心助人，願為兄弟兩肋插刀。水軍頭領。

綽號「立地太歲」，和弟弟阮小五、阮小七打魚維生。三兄弟和吳用、晁蓋等人劫了蔡京的生辰綱，引來官府追捕，阮氏兄弟將官兵引入蘆葦港，贏得漂亮。後來阮氏兄弟投靠梁山，多次擊潰朝廷軍隊，建下戰功。

《天平星》船火兒 張橫

船火兒 張橫

重情重義的真漢子。水軍頭領。

綽號「船火兒」，張順之兄。兄弟專劫船隻搶奪錢財，稱霸潯陽江，宋江搭上他的賊船，張橫原本要殺人劫財，幸虧李俊即時趕到，張橫拜倒賠罪。後來和弟弟張順投靠梁山，之後屢立戰功。

蔡志忠 **水滸108將**

《天罪星》短命二郎 阮小五

短命二郎 阮小五

藝高膽大。水軍頭領。

雙眼似銅鈴又殺氣外露，人稱「短命二郎」。原是熟悉水性的漁民，和兄弟阮小二在梁山帶領水軍，立下多項功勞，生擒敵軍將領凌振。跟隨李俊詐降方臘時，後在混戰中被敵軍所殺。

《天損星》

浪裡白條 張順

浪裡白條　張順

使命必達的水中蛟龍。水軍頭領。

人稱「浪裡白條」，擁有能在水底潛伏七天七夜的高超本事，穿梭水面速度無人能比。在與朝廷對戰時，曾經活捉高俅上梁山，因此威名遠播。在征伐方臘時戰死，死後被水府龍宮收為金華太保。

《天敗星》

活閻羅 阮小七

活閻羅 阮小七

少時懶惰好賭，中年後看淡名利。水軍頭領。

臉上生疙瘩，雙眼凸出，綽號「活閻羅」。征方臘時阮小七的兄長都戰死，僅他倖存。戰勝後本可獲一官半職，但他因為好奇穿起方臘丟下的龍袍，回朝後被告狀，指他有造反之心，於是貶為庶民。他也無所謂，回老家打魚。

《天牢星》

病關索　楊雄

病關索 楊雄

被戴綠帽的老實人。步軍頭領。

因為「一身好武藝，面貌微黃」，綽號「病關索」。原本從事獄卒兼劊子手行業，某天無賴來找碴，石秀看不下去出手救援，兩人一見如故，石秀還拜楊雄為義兄。而楊雄妻子通姦的真相，也是石秀告知楊雄。後來楊雄親手殺死淫妻，與石秀投奔梁山。

《天慧星》拚命三郎 石秀

拚命三郎 石秀

膽量大，常路見不平拔刀相助。步軍頭領。

個性火暴，人稱「拚命三郎」。石秀詐敗孫立，被俘順道混入祝家莊當內應，一刀殺了祝家莊首領祝朝奉。石秀發現盧俊義將被押往刑場斬首，獨自劫法場救出盧俊義，逃亡失敗落入死牢，宋江等人營救後脫困。

《天暴星》兩頭蛇 解珍

兩頭蛇 解珍

獵人，被官府逼上梁山。步軍頭領。

獵戶出身，外號「兩頭蛇」。與弟解寶射中山上老虎，老虎誤進毛太公家，兩兄弟在取虎時被捉入死牢。幸而有人通風報信，舅舅孫新與顧大嫂等人劫牢營救，之後投奔梁山。烏龍嶺之戰時，他被敵軍以撓鉤抓住，情急下抽刀砍斷撓鉤，也因此墜崖身亡。

蔡志忠 **水滸108將**

《天哭星》

雙尾蠍 解寶

雙尾蠍 解寶

獵人，差點因老虎賠上性命。步軍頭領。

解珍之弟，亦是獵人，擅長翻山越嶺，人稱「雙尾蠍」。與兄射中山中老虎，老虎逃進毛太公家，兩兄弟在取虎時被逮入死牢。其舅孫新與顧大嫂等人，劫牢救出兩兄弟，後來到梁山落草。烏龍嶺之戰其兄墜崖而死，解寶也被嶺上亂石砸死。

蔡志忠 **水滸108將**

《天巧星》

浪子 燕青

浪子 燕青

武藝高超且忠義雙全，也擅吹彈唱舞。步軍頭領。

是盧俊義的心腹家僕，綽號「浪子」。擊敗連兩屆相撲冠軍「擎天柱」任原，也是少數讓李逵又敬又怕的人。他相貌英俊又通音律，名妓李師師也愛慕他，燕青為免造次惹禍，與李師師結為姊弟，也因此有機會面見宋徽宗，是梁山招安的牽線人。

《地魁星》

神機軍師　朱武

神機軍師 朱武

善策謀略，是一流的軍師。同參贊軍務頭領。

擅使雙刀，又通曉陣法，文武兼備，外號「神機軍師」。受到官司迫害，於少華山落草，成為頭領。之後為魯智深和史進，向梁山泊求救，成功救援後與眾人歸順梁山。朱武成為盧俊義的軍師，方臘戰役後不願回朝，與樊瑞一同去修道。

《地煞星》

鎮三山　黃信

鎮三山 黃信

相貌端正有智略。馬軍小彪將兼遠探出哨頭領。

本為青州府都監，秦明的徒弟，武藝高強。清風寨的劉高捉到宋江，黃信也用計逮到花榮，押送二人前往青州途中，燕順等人來劫囚，黃信不敵逃走。後來他看師父秦明歸順梁山，也隨之投降，並且協同眾人殺死劉高。

《地勇星》

病尉遲　孫立

病尉遲 孫立

武藝強個性急，馬軍小彪將兼遠探出哨頭領。

身材高大外加弓馬功夫強，騎坐烏騅馬，造型酷似唐朝名將尉遲恭，有說因面色淡黃，所以被稱「病尉遲」，是「小尉遲」孫新的兄長。有勇有謀的孫立曾混入祝家莊臥底，與梁山軍裡應外合，是除掉祝家莊的大功臣。出征方臘時有軍功，被封為武奕郎。

《地傑星》

醜郡馬　宣贊

醜郡馬 宣贊

高抗壓，不以醜自棄。馬軍小彪將兼遠探出哨頭領。

《水滸傳》中稱其相貌「面如鍋底，鼻孔朝天，鬈髮赤鬚，彪形八尺」，曾是王府郡馬，綽號「醜郡馬」。他向蔡京舉薦關勝，並與關勝征討梁山，與郝思文同為副將，後來不敵秦明人馬，落敗被俘後投降梁山。

《地雄星》

井木犴　郝思文

井木犴 郝思文

懷才不遇。馬軍小彪將兼遠探出哨頭領。

母親懷孕時夢到他是星宿井木犴（古代二十八星宿之一）來投胎，因此綽號「井木犴」。郝思文與關勝是義兄弟，宣贊徵召關勝討伐梁山，關勝也邀郝思文入伍。關勝中計被擄後，郝思文打不過林冲等人，要逃走時被扈三娘逮個正著，因此歸順梁山。杭州之戰被斬首示眾。

《地威星》

百勝將 韓滔

百勝將 韓滔

胸襟寬大志氣高。馬軍小彪將兼遠探出哨頭領。

官至陳州團練使，擒虎射鵰都難不倒他，又有百戰經歷，人稱「百勝將」。征剿梁山時被俘，宋江卻以禮相待，於是歸順。他與呼延灼、楊志及彭玘一起鎮守梁山泊正北旱寨，與「天目將」彭玘都是呼延灼的副手。

《地英星》
天目將 彭玘

天目將 彭玘

重視兄弟情義。馬軍小彪將兼遠探出哨頭領。

將門家族出身，擅用武器是三尖兩刃刀，人稱「天目將」。呼延灼奉聖旨攻打梁山，命韓滔為正先鋒，彭玘則為副先鋒。兩軍對戰後，扈三娘以紅錦繩索活捉彭玘，因此歸順梁山。攻打方臘時，彭玘急欲為戰死的兄弟韓滔報仇，因此被殺。

《地奇星》

聖水將　單廷珪

聖水將 單廷珪

沉穩圓滑似水。馬軍小彪將兼遠探出哨頭領。

黑盔甲、黑柄槍又騎黑馬，一身黑色打扮，擅長決水浸兵之術，所以有「聖水將軍」稱號。梁山打敗大名府後，蔡京舉薦單廷珪與魏定國攻打梁山，這水火二將合力拿下宣贊、郝思文二人。不過後來關勝使出拖刀計，被活捉的他因而接受梁山招降。

地猛星

神火將　魏定國

神火將 魏定國

剛烈暴躁似火。馬軍小彪將兼遠探出哨頭領。

擅長火攻之術，又穿戴赤色盔甲、赤銅槍、赤色坐騎，號稱「神火將軍」。與喜好黑色裝扮的單廷珪二人聯手攻打梁山，水火二將首戰建功，成功逮到宣贊、郝思文二人，後來在淩州城被關勝圍困，因為無退路，所以投降梁山。

《地文星》

聖手書生 蕭讓

聖手書生 蕭讓

能文能武。掌管監造諸事頭領、行文走檄調兵遣將。

因為擅長模仿當時米芾與蔡京等名家書法，有「聖手書生」稱號。宋江因提反詩而被捕下獄，吳用要救宋江，想到蕭讓與金大堅聯手偽造蔡京文書的計策。蕭讓因此被捉到梁山上，只好留在山寨效力。

《地正星》
鐵面孔目 裴宣

鐵面孔目 裴宣

忠直不苟且。掌管監造諸事頭領、定功賞罰軍政司。

個性正直不阿，人稱「鐵面孔目」。裴宣因得罪知府，被發配沙門島，途經飲馬川時，被鄧飛救下，因年紀較長而被推為飲馬川寨主。當戴宗路經飲馬川，便將裴宣等人都招募到梁山。

《地闊星》

摩雲金翅 歐鵬

摩雲金翅　歐鵬

力壯身強，武藝高強。馬軍小彪將兼遠探出哨頭領。

槍法出眾，外號「摩雲金翅」。歐鵬是軍班出身，因為被官府和生活所逼，在黃門山落草為寇。他聽到崇拜的宋江被判死刑，便與黃門山的蔣敬、馬麟和陶宗旺前往相救，中途卻看見梁山好漢已救出了宋江，四人跟著歸順梁山。

《地闔星》

火眼狻猊　鄧飛

火眼狻猊　鄧飛

仁義待人。馬軍小彪將兼遠探出哨頭領。

雙眼老是赤紅，人稱「火眼狻猊」。楊林和戴宗路過飲馬川時，被鄧飛和孟康打劫，沒想到鄧飛與楊林竟是舊識，於是他也跟著到梁山。第二次攻打祝家莊時，鄧飛中了埋伏，後來是宋江打敗祝家莊，這才救出鄧飛。

〈地强星〉

錦毛虎 燕順

錦毛虎 燕順

宋江的忠實崇拜者。馬軍小彪將兼遠探出哨頭領。

赤色黃髮，人稱「錦毛虎」。在清風山打劫，宋江路過清風山，被押往去見寨主燕順，燕順的手下本來要殺了宋江時，宋江自報名號，燕順立刻下令叫停，率領眾手下向宋江下拜，後來也投靠梁山泊。

《地暗星》

錦豹子　楊林

錦豹子 楊林

結交四方，是福將。馬軍小彪將兼遠探出哨頭領。

頭圓耳大福氣大，人稱「錦豹子」，劫匪出身，武器是筆管槍。一心想投靠梁山，戴宗下梁山要請公孫勝回來時，路過薊州，楊林便請求同路上山。在飲馬川又巧遇鄧飛等山賊，楊林認出鄧飛是舊相識，說服他們入夥上梁山。曾感染瘟疫卻能病癒。

《地軸星》
轟天雷 凌振

轟天雷 凌振

火炮發明家。掌管監造諸事頭領，專造大小火炮。

外號「轟天雷」，是宋朝當時第一火炮手，所造火炮能打十五里遠。呼延灼奉命攻打梁山，四面環水的梁山泊，難以從陸路進攻，於是採用火炮遠攻，請來凌振助陣。凌振的大炮戰術奏效。後來晁蓋用計擒獲凌振，從此凌振改為替梁山製造火炮。

蔡志忠 **水滸108將**

《地會星》

神算子　蔣敬

神算子 蔣敬

精打細算的財務大臣。掌管監造諸事頭領。

原為失意考場的落榜書生，老是考不取所以棄文就武。精通算術，又能刺槍使棒，以及布陣排兵，人稱「神算子」。他聽說宋江在江州被判死刑，便與黃門山的馬麟等人趕往相救，雖然梁山好漢已搶先一步救出宋江，四人也跟著成為梁山成員。在梁山負責考算錢糧支納。

〈地佐星〉

小溫侯 呂方

小溫侯 呂方

宋江看重的跟班，武藝不錯。守護中軍馬驍將。

外號「小溫侯」，使一把桿上有彩畫、可刺可砍的方天畫戟。離鄉到山東販藥，虧本無盤纏回鄉，改為打劫。花榮等人救了宋江後逃到對影山，見使同樣兵器的呂方和郭盛比武，難分勝負時，兩戟的絨尾卻打結。花榮用箭把結射開，兩人停止武鬥，化敵為友同上梁山。

地佑星

賽仁貴 郭盛

賽仁貴 郭盛

信奉四海之內皆兄弟。守護中軍馬驍將。

善使方天畫戟，外號「賽仁貴」。原來從事水銀買賣，但是船翻了無法回鄉。曾前往對影山單挑呂方，兩人打了三天三夜，兩戟的絨尾還打結，幸而花榮用箭解開，他們也因此投靠梁山，共任宋江的馬軍護衛。金庸小說中的郭靖即被設定為他的後代。

《地靈星》

神醫 安道全

神醫 安道全

醫術了得，貪圖美色。專治諸疾內外科的醫生。

被稱為「當世華佗」。宋江攻打大名府時，背上生瘡，危及生命。張順拜託醫術高明的安道全來救治，安道全卻因迷戀娼妓李巧奴，不願前去梁山。於是張順殺害李巧奴，更在牆上留下「殺人者安道全」字樣。被誣賴的安道全無奈，只好上梁山擔任軍醫。

《地獸星》

紫髯伯 皇甫端

紫髯伯 皇甫端

醫術高超，手到病除。掌管監造諸事頭領，專醫馬。

原是東昌府的著名獸醫，「沒羽箭」張清的好友，因為長有一把紫紅髯鬚，人稱「紫髯伯」。宋江攻下東昌府時，由張清推薦而加入梁山，是第一百零八個加入的梁山好漢，也是最後一位。他負責照顧梁山眾多馬匹，後被宋徽宗召為御馬監大使。

《地微星》

矮腳虎 王英

矮腳虎 王英

極為好色。三軍內探事馬軍頭領。

身材矮小又好色，號稱「矮腳虎」，梁山兄弟暱稱他為「王矮虎」。打下清風寨後，他卻搶了劉高妻子，宋江喝斥此等行為，卻也答應另找美女給他當老婆。攻打祝家莊時，他貪圖扈三娘美色前去挑戰，反被活捉。宋江出面為兩人作媒，梁山頭號色鬼還是抱得美人歸。

《地慧星》

一丈青 扈三娘

一丈青 扈三娘

巾幗不讓鬚眉的絕世美女。三軍內探事的馬軍頭領。

是扈家莊主之女，「飛天虎」扈成之妹。使一對日月雙刀，弓馬嫻熟、更有紅錦繩套捉人的絕技，有「海棠花一丈青」的稱號。原本與祝家莊少子祝彪訂有婚約，後被林冲生擒，投降梁山，成為矮腳虎王英之妻，可說是一朵鮮花插在牛糞上。

《地暴星》

喪門神 鮑旭

喪門神 鮑旭

面目猙獰，好殺人放火。步軍將校。

原是殺人不眨眼的山賊，故被稱為「喪門神」。單廷珪等人受命征討梁山，李逵下山到淩州對抗時，途中遇見正欲投奔鮑旭的焦挺，李焦兩人同行前往枯樹山，聯合攻打淩州，鮑旭與李逵一拍即合，之後合作救下郝思文等人，並且成功奪取淩州。

《地然星》

混世魔王 樊瑞

混世魔王 樊瑞

張狂土匪放下屠刀。步軍將校。

樊瑞自小在全真派門下學藝，武器是流星錘，加上會用法術，綽號「混世魔王」。原本和項充、李衮在芒碭山據地為王，後來宋江帶領大軍前來征討，樊瑞的妖法被公孫勝的石頭陣降伏。樊瑞上梁山後潛心學道，完成方臘之役後，更是決定棄官，跟隨公孫勝修道。

《地猖星》

毛頭星 孔明

毛頭星 孔明

好打抱不平，魯莽衝動。守護中軍步軍驍將。

是富二代，卻不想做生意，曾收留通緝犯宋江，並拜宋江為師父。一次為弟孔亮出頭，殺了對方全家，之後霸佔白虎山稱王，打家劫舍賺錢花，後來前往拯救叔叔孔賓時卻反被活捉。還好宋江等人救了他，從此成為梁山一員。

《地狂星》

獨火星 孔亮

獨火星 孔亮

為人平庸，有勇無謀。守護中軍步軍驍將。

因與同鄉財主爭吵，卻鬧出滅門凶案，和兄長孔明從此佔白虎山稱王。由於其叔孔賓在青州城被慕容知府捉住，兄弟倆帶人攻打青州救人，孔明被活捉。後來宋江匯合白虎山等三路人馬攻下青州，救出孔明，兄弟倆從此投奔梁山。

《地飛星》

八臂哪吒　項充

八臂哪吒 項充

下場在梁山好漢裡最為慘烈。步軍將校。

背上插著二十四把飛刀，而且百發百中，同時也使上長槍與盾牌，因此得外號「八臂哪吒」。原來和義兄弟樊瑞和李袞在芒碭山當山大王，梁山人馬攻打芒碭山時，被公孫勝活捉，從此歸降梁山。項充武藝高強，最後卻被敵人剁成肉泥慘死。

《地走星》

飛天大聖 李袞

飛天大聖 李袞

梁山猛將，標槍能在百步間取人首級。步軍將校。

傳聞他是走獸轉世，因而人稱「飛天大聖」。左手持圓形團牌，右手持劍，背部插著二十四支標槍。擅長投擲標槍，和死黨項充等人打不過梁山人馬，因此投靠梁山。

《地巧星》

玉臂匠　金大堅

玉臂匠 金大堅

聰慧巧手，掌管監造諸事頭領，兵符印信總管。

擅於金石雕刻的精細功夫，又通武術，因此號稱「玉臂匠」。宋江被捉關在江州，吳用獻計，將金大堅請上梁山，金大堅刻了蔡京假印，但詭計被黃文炳看破，差點害宋江丟了性命。

《地明星》

鐵笛仙　馬麟

鐵笛仙 馬麟

相貌奇特，喜好音律。馬軍小彪將兼遠探出哨頭領。

吹得雙鐵笛，外號「鐵笛仙」。是短刀高手，刀法精熟。原本在黃門山落草為寇後，聽說宋江被判死刑，打算與夥伴們前往相救，途中卻看見宋江已被梁山好漢所救，順勢歸順梁山。

《地進星》

出洞蛟　童威

出洞蛟 童威

李俊的跟班。水軍頭領。

與童猛是兄弟，水性佳，被稱為「出洞蛟」。本來與混江龍李俊合夥賣私鹽，因為李俊救了被迷昏的宋江，與宋江結緣，之後與弟弟童猛也順理成章上了梁山。兩兄弟和李俊像分不開的三胞胎。

《地退星》

翻江蜃　童猛

翻江蜃 童猛

李俊的跟班。水軍頭領。

與童威是兄弟，是駕船潛水的能手，被稱為「翻江蜃」（大海蚌的一種），兄弟倆與李俊一起販賣私鹽。宋江曾被李立用藥迷昏，幸而被李俊與童氏兄弟救下，之後同上梁山。

《地滿星》

玉幡竿　孟康

玉幡竿 孟康

高明造船師。掌管監造諸事頭領、專工監造戰船。

因為個子高、膚色白，人稱「玉幡竿」。擁有造船技能，奉命造大船押運花石綱時，受不了官員欺侮，憤而殺官，不得已逃亡，和鄧飛、裴宣一起在飲馬川打劫。楊林等人路過飲馬川，孟康欲劫財時認出楊林，從而一同上了梁山。水陸兩棲作戰都拿手，又能造船。

《地遂星》

通臂猿 侯健

通臂猿 侯健

手上功夫了得，能細能粗。掌管監造諸事頭領。

本是拿針線的裁縫，也愛舞槍弄棒，曾拜薛永為師。因長得黑瘦，動作又敏捷，所以綽號「通臂猿」。宋江攻打黃文炳時，他正在黃家工作，當起內應。裡應外合下，聯手殺了黃文炳全家。雖是不起眼小人物，但負責製作梁山的旌旗袍襖等軍服，後勤責任重大。

蔡志忠 **水滸108將**

《地周星》

跳澗虎 陳達

跳澗虎 陳達

力氣大，性情魯莽。馬軍小彪將兼遠探出哨頭領。

擅用長槍，人稱「跳澗虎」，與朱武、楊春兩人，在少華山落草為寇，到處打家劫舍。在攻打史家莊時，陳達被史進活捉，由朱武使出兄弟苦肉計救回。三人因此也與史進不打不相識成為好友，後來在魯智深力邀下，陳達與兄弟們上了梁山。

《地隱星》

白花蛇 楊春

白花蛇 楊春

輕身重義。馬軍小彪將兼遠探出哨頭領。

瘦臂長腰，綽號「白花蛇」，同朱武、陳達在少華山落草為寇。因為史進武藝高強，楊春原本提議不要攻打史家莊，卻因為陳達堅持，還是被史進打得落花流水，陳達被擄，幸好朱武想出妙計，三人與史進更結為好友。後來受到魯智深邀請，歸順梁山。

《地異星》

白面郎君 鄭天壽

白面郎君 鄭天壽

相貌俊俏卻不風流。步軍將校。

因為生來白淨俊俏，所以被稱為「白面郎君」。原是銀匠，自幼喜愛槍棒功夫。後來與王英、燕順落草清風山。宋江路過清風山時，三人因誤捉宋江而與宋江結識。後宋江被清風寨劉高所囚，鄭天壽夥同花榮救出宋江，與梁山結緣。

《地理星》

九尾龜 陶宗旺

九尾龜 陶宗旺

崇俠尚義，梁山上唯一莊稼漢。掌管監造諸事頭領。

本是農民，力氣大，擅用鐵鍬，使槍掄刀也難不倒他，綽號「九尾龜」。之後與歐鵬、蔣敬、馬麟四人一起落草黃門山。宋江返回梁山途中路過黃門山，這四人順路上了梁山。陶宗旺原是莊戶出身，修理久慣。專責修水路、開河道，並擔任修築城垣等工程總監工。

《地俊星》

鐵扇子　宋清

鐵扇子 宋清

憨厚低調。掌管監造諸事頭領，專門排設筵宴。

是宋江的弟弟，綽號「鐵扇子」（有學者認為鐵扇子指沒用的廢物；有學者認為鐵扇子類似與盾牌的武器，護持其兄宋江）。宋江上梁山後，連累宋清與父親被官府捉拿，幸虧吳用派遣李逵等人救他們到梁山。戰後選擇回鄉繼續務農，供奉祖宗香火。

《地樂星》

鐵叫子 樂和

鐵叫子 樂和

文武兼備，聰明機伶。軍中走報機密步軍頭領。

樂器一學即會，又有一副好嗓音，玄鐵簫是樂和的武器，人稱「鐵叫子」。因其姊嫁與孫立為妻，樂和靠姻親關係成為登州監獄衙役。解珍兄弟被毛太公陷害入獄後，樂和聯繫孫立與顧大嫂等人前去營救解家兄弟，一同上了梁山。

《地捷星》

花項虎　龔旺

花項虎 龔旺

上梁山晚，立戰功少。步軍將校。

原是東昌府張清的副將，因為渾身刺有虎斑，脖子上刺著虎頭，而得外號「花項虎」，在馬上會使飛槍。盧俊義攻打東昌府失利，宋江前去支援。龔旺被林冲、花榮活捉，不得不迫降梁山。

《地速星》

中箭虎 丁得孫

中箭虎 丁得孫

滿身傷痕也勇戰無懼的拚命三郎。步軍將校。

與龔旺同是東昌府張清手下副將，從臉到全身都留有疤痕，因而綽號「中箭虎」，擁有能在馬上使飛叉的絕技。在與梁山人馬交戰時，被燕青一箭射中馬蹄墜馬被俘，從而投靠梁山。征方臘時遭毒蛇咬傷、中毒而死。

蔡志忠 **水滸108將**

《地鎮星》

小遮攔 穆春

小遮攔 穆春

橫行霸道、本事普通的庸才，靠兄一族。步軍將校。

穆弘的弟弟，原是潯陽江邊揭陽鎮的富家子弟，為當地土霸。因為不滿宋江給薛永賞錢，曾追殺宋江，多虧李俊等人相救，從而認識了宋江。梁山好漢劫法場救了宋江後，隨兄歸順梁山。

〈地羈星〉

操刀鬼 曹正

操刀鬼 曹正

下下人具上上智。掌管監造諸事頭領。

因為是殺豬剝牛的屠夫，所以被稱作「操刀」鬼，本來是林冲的徒弟，做生意失敗後，到黃泥岡附近經營酒家。後來隨二龍山眾頭領加入梁山泊，坐上第八十一把交椅。在梁山專責屠宰牛馬豬羊牲口。

《地魔星》

雲裡金剛 宋萬

雲裡金剛 宋萬

武藝平常，卻是梁山第一位戰死的好漢。步軍將校。

他是梁山泊的元老，身材高大威猛，被稱「雲裡金剛」。早先和王倫等人佔據梁山為王。當輪到晁蓋當老大，本有機會大展拳腳，可惜晁蓋死了，他沒有明顯功績，被邊緣化的人物。

《地妖星》
摸著天 杜遷

摸著天 杜遷

本領平庸，卻有胸襟讓賢後進。步軍將校。

外號「摸著天」（個子很高的意思），是梁山三位開山元老之一，打下基礎，在小說第十一回中因柴進向林冲介紹梁山泊而首次被提及，早期是梁山第二把交椅，後來被其他人取代。

《地幽星》

病大蟲 薛永

病大蟲 薛永

見識有限，不識時務。步軍將校。

原本靠賣藝兼賣藥度日，大蟲是指威猛如虎，但是他面色泛黃，如同得病，所以叫「病大蟲」。宋江發配江州時，見他槍棒使得好，賞了銀子，兩人因此相識。後來宋江因在潯陽樓題反詩被捕，薛永等人去劫法場，之後隨梁山人馬上山。

《地伏星》

金眼彪 施恩

金眼彪 施恩

工於心計，善設計。步軍將校。

綽號「金眼彪」，在快活林中經營酒肉店，後來被蔣門神霸佔酒店。被打傷的施恩想找人與蔣門神對打，所以每日提供酒肉、請求武功高強的武松，後來武松果然達成所託，官府問施恩捉拿凶手，他走投無路下，不得不入梁山。

《地僻星》

打虎將　李忠

打虎將 李忠

江湖術士，給錢如給命。步軍將校。

本是行走江湖、耍棒賣藥的人，外號「打虎將」，也是史進的首位武術老師。後來打敗桃花山首領周通，自己成為寨主。後來桃花山、二龍山和白虎山三山共十一名頭領加入梁山泊，李忠也是其中之一。

《地空星》

小霸王 周通

小霸王 周通

虛有其表的小霸王。馬軍小彪將兼遠探出哨頭領。

早先在桃花山落草，因面闊體壯，人稱「小霸王」。後來被路過的打虎將李忠打敗，由李忠當桃花山老大。周通想強娶桃花莊劉太公的女兒，「花和尚」魯智深假扮新娘，痛打周通。不打不相識，其後和桃花山夥伴都到梁山。

《地孤星》

金錢豹子 湯隆

金錢豹子 湯隆

掌管監造諸事頭領，監督打造軍器鐵甲。

父親原是延安府官員，他也當差。身上有麻點，所以被稱「金錢豹子」。父逝後，他因貪賭流落江湖，靠打鐵度日。後來碰到李逵，結為兄弟，從此成為梁山一員。湯隆用鉤鐮槍法破陣，想讓打鐵技術派上用場，建下自己在梁山泊的功勞。

蔡志忠 水滸108將

《地全星》

鬼臉兒 杜興

鬼臉兒 杜興

性情剛烈，知恩圖報。南山酒店迎賓使。

早先是商人，武器是鬼頭匕首，有次打死做生意的同伴，被官府收押時，楊雄救了他。梁山好漢三打祝家莊後，他也上了梁山，和朱貴負責南山酒店。曾參與征遼和討方臘，戰後跟隨李應還鄉，成為富豪，安詳度過晚年。

〈地短星〉

出林龍 鄒淵

出林龍 鄒淵

氣性高強，不肯容人。步軍將校。

鄒淵是鄒潤的叔叔，為人忠良，好武藝在身，被稱為「出林龍」。和侄子一般歲數，也一樣好賭，兩人在登雲山落草為寇。後因孫新請他們營救解珍、解寶，任務達成後偕同上了梁山。

《地角星》獨角龍 鄒潤

獨角龍 鄒潤

為人慷慨忠良，步軍將校。

原鄒淵的侄兒，身材長大，長相奇異，腦後生有一個大肉瘤，被稱為「獨角龍」，曾經一頭撞斷過一棵松樹。因與孫新熟知，和其叔一起劫獄救了解珍、解寶，之後上了梁山。叔叔戰死後，他淡泊名利不願為官而隱退。

《地囚星》

旱地忽律 朱貴

旱地忽律 朱貴

情報收集站。與杜興共掌南山酒店。

外號「旱地忽律」（「忽律」是契丹語的鱷魚或是有毒四腳蛇，指的是擅長偽裝的可怕動物），身材高大魁梧。弟弟是朱富，很早就跟隨王倫等人投靠梁山，之後在梁山附近開酒店，打聽來往客商情況，向山上通風報信，同時劫奪有錢的客商，是梁山早期打天下的頭目之一。

《地藏星》笑面虎 朱富

笑面虎 朱富

為人謹慎，胸有謀略。掌管監造諸事頭領，管釀酒。

朱貴的弟弟，也是李逵的同鄉，平時笑咪咪，其實內心自有盤算，被稱為「笑面虎」。李逵下山接老母時，被曹太公逮住，由朱富兩兄弟用迷藥救出。兩人隨李逵一同上了梁山。

蔡志忠 水滸108將

《地平星》

鐵臂膊 蔡福

鐵臂膊 蔡福

有狠勁也有慈悲心，專管行刑。

蔡福因為曾經當過劊子手，被稱為「鐵臂膊」。李固請託梁中書殺了盧俊義，兩人在獄中照顧盧俊義。當梁山人馬攻打大名府時，蔡福、蔡慶兄弟兩個無路可走，只好上了梁山。大名府被攻打時，許多人被殺，蔡福透過柴進，阻止梁山屠殺無辜的小民。

《地損星》

一枝花 蔡慶

一枝花 蔡慶

個性剛強卻鬢帶一朵花，形成強烈對比。專管行刑。

與哥哥蔡福都是押獄兼行刑的劊子手，他愛戴一枝花在身上，被稱「一枝花」。因為與哥哥關照過獄房內的盧俊義，因此與梁山結緣。宋江率兵打敗大名府，救出盧俊義等人時，他們兩兄弟也跟隨上梁山。

《地奴星》

催命判官 李立

催命判官 李立

謀財害命、唯利是圖。北山酒店掌店頭領。

本在潯陽江上經營酒店，為當地土霸王，專用蒙汗藥劫殺客人，人稱「催命判官」。宋江也險遭毒手，幸虧李俊及時趕到。其後宋江因題反詩而被官府捉拿入獄，李立、李俊和眾好漢一起救出宋江，上了梁山。上山後李立重操舊業，和王定六一起負責北山酒店。

蔡志忠 **水滸108將**

《地察星》
青眼虎 李雲

青眼虎 李雲

梁山最倒楣的角色，大材小用。掌管監造諸事頭領。

原為沂水縣都頭，是朱富的師傅，一身好本領，一人對付三、五十人不成問題，綽號「青眼虎」。李逵在沂嶺殺死四虎，曹太公派人將李逵捉住。李雲率人押解李逵，卻被朱富用蘗迷昏，醒後被勸說，不得已也落草梁山。空有好本領，卻僅能起造修緝房舍。

《地惡星》
沒面目 焦挺

沒面目 焦挺

人際關係差，步軍將校。

出身三代相撲家族。因到處投人不着，平生最無面目，外號「沒面目」。來就嚮往梁山，無人引介不敢前往，卻在投靠鮑旭途中，遇到下山去幫助關勝攻打凌州的李逵，兩人結為好友。於是他與李逵殺入凌州。在攻打曾頭市後，焦挺歸順梁山。

〈地丑星〉

石將軍 石勇

石將軍 石勇

本事平平，唯有脾氣硬。步軍將校。

身材魁梧，天生力氣大，綽號「石將軍」。生性好賭，賭博時打架出了人命，想去投靠宋江，到了宋江家，得知宋江有事在逃。宋家太公拜託他給宋江送信，因此石勇在對影山附近酒店找到了宋江，順理成章投奔了梁山。

〈地數星〉

小尉遲 孫新

小尉遲 孫新

眉目有神的才俊，娶母老虎為妻。主持東山酒店。

是軍官後代，隨著哥哥孫立調到登州，與顧大嫂成婚，經營一家酒店。後來為了拯救表弟解珍與解寶，孫新與顧大嫂聯合鄒淵、鄒潤等好漢，劫獄救出解家兄弟。並協助梁山人馬打敗祝家莊，從此上了梁山。

《地陰星》

母大蟲 顧大嫂

母大蟲 顧大嫂

不讓鬚眉的英雌。主持東山酒店事務。

孫新之妻，身手比丈夫還要高強，使起雌雄虎頭刀虎虎生風，綽號「母大蟲」（即「母老虎」之意），原本開酒店。由於她是解氏兄弟的表姊，他們被陷害入獄後，她求助丈夫孫新等人，一同劫獄救人。之後又進入祝家莊臥底，和梁山好漢裡應外合攻破祝家莊。

《地刑星》

菜園子 張青

菜園子 張青

是戰將，也是武松的拜把兄弟。負責管理西山酒店。

在孟州道光明寺種菜，外號「菜園子」，卻殺了寺中僧人，還燒毀寺廟，於是逃亡當劫匪。結識孫二娘後，合作在十字坡開設酒店，用蒙汗藥殺害旅人，做起人肉包子的生意。

《地壯星》母夜叉 孫二娘

母夜叉 孫二娘

有英氣的女漢子。負責管理西山酒店。

綽號「母夜叉」，與丈夫張青經營黑店，賣人肉包子。魯智深和武松路過他們店時，都差點著了道、成了包子肉，雙方後來結為好友。孫二娘後來與張青在梁山主持西山酒店，專門打探消息。

《地劣星》

活閃婆 王定六

活閃婆 王定六

行走快速疾如風。掌管北山酒店。

在家中排行第六，被稱為「活閃婆」，閃婆是閃電的意思。平時愛好弄槍使棒，可惜技藝普普，與父在揚子江邊賣酒度日。張順被謀財害命丟入江中，幸好命大福大，游到王定六的酒店，王定六出手相助，因此上了梁山。

《地健星》

險道神 郁保四

險道神 郁保四

不好資財唯好義。把捧帥旗頭領。

身長高大，綽號「險道神」。他是青州強盜，曾經搶了梁山兩百餘馬匹送與曾頭市。後來宋江卻與其折箭為誓，不追究戰馬之事，他因此當起臥底，助宋江攻破曾頭市。

《地耗星》

白日鼠 白勝

白日鼠 白勝

南征北討建戰功。走報機密步軍頭領。

原本游手好閒到處晃，後來與晁蓋等好漢一起智取生辰綱。案發後白勝被拷問，熬不過苦刑，供出晁蓋等人。晁蓋成為寨主後，白勝仍然蹲苦牢，晁蓋卻還是想救白勝，吳用派人打通關節，白勝出獄後投靠梁山。

《地賊星》

鼓上蚤 時遷

鼓上蚤 時遷

擅長潛伏和盜竊等技術。走報機密步軍頭領。

是個能飛簷走壁的飛賊，劊子手楊雄曾是他的救命恩人。後來楊雄手刃紅杏出牆妻子潘巧雲，卻被時遷目擊，乾脆要求楊雄帶他去梁山入夥。他們夜宿祝家莊，時遷嫌棄飯菜不好，偷雞被捉。楊雄向宋江求助，於是梁山好漢三打祝家莊，救出時遷。

《地狗星》

金毛犬 段景住

金毛犬 段景住

小馬賊引發大事件。走報機密步軍頭領。

赤髮黃鬚，人稱「金毛犬」。本是盜馬賊，盜得名駒「照夜玉獅子馬」，欲獻給梁山泊。不料路過曾頭市時馬被搶走，只得孤身上梁山。晁蓋率眾攻打曾頭市卻因此中箭身亡。後來段景住到北地購馬，回程又被劫，宋江領梁山軍攻破曾頭市，為晁蓋報仇並奪回馬匹。

蔡志忠 **水滸108將**

蔡志忠作品
水滸108將

編繪／蔡志忠
文字整理／簡小真、邱小羽
編輯／林怡君　設計／林育鋒　校對／金文蕙

出版者：大塊文化出版股份有限公司
台北市105南京東路四段25號11樓
www.locuspublishing.com
電子信箱：locus@locuspublishing.com
服務專線：0800 006 689
電話：(02) 8712 3898　傳真：(02) 8712 3897
郵撥帳號：1895 5675
戶名：大塊文化出版股份有限公司
法律顧問：董安丹律師、顧慕堯律師

總經銷：大和書報圖書股份有限公司
地址：新北市新莊區五工五路2號
TEL：(02) 8990-2588（代表號）　FAX：(02) 2290-1658
製版：瑞豐實業股份有限公司

ISBN 978-986-213-825-0
初版一刷：2017 年9月
定價：新台幣450元
Printed in Taiwan

水滸 108 將 / 蔡志忠編繪 .
-- 初版 . -- 臺北市 : 大塊文化 , 2017.09
228 面 ; 13X18 公分 . --（蔡志忠作品集）
ISBN 978-986-213-825-0（卡片膠裝）
1. 水滸傳　2. 插畫　3. 卡片書
857.46　　　106014379